Im Himmel geht es weiter…

Im Himmel geht
es weiter....

Ein Engel berührte die Erde

Dein bewegtes Leben

Tibbi Irene Bracher

Herstellung und Verlag:
BoD-Books on Demand GmbH, Norderstedt
ISBN 978-3-7386-0117-6

Inhaltsverzeichnis

Worte der Erinnerung

Worte der Erinnerung

Ein mir nahestehender Mensch ist gestorben, dies gehört zu den ganz normalen menschlichen Erfahrungen. Es gibt nur wenige Menschen, die den Tod eines Freundes oder Bekannten nicht erfahren haben oder erfahren werden, plötzlich oder langsam kommend, weit weg oder ihm ganz nah beiwohnend. Dennoch will ich über dieses Geschehen nachdenken, obwohl es nicht ungewöhnlich oder ausserordentlich ist, aber doch in vieler Hinsicht unbekannt und unergründlich bleibt. Gerade die gewöhnlichen, ganz normalen alltäglichen Ereignisse sind es, in denen wir das Geheimnis des menschlichen Lebens berühren. Wenn ein Kind oder Tier geboren wird, wenn Menschen sich umarmen, eine Mutter, Vater oder Freund stirbt, enthüllt sich uns das Geheimnis des Lebens. In solchen Augenblicken, indem wir einfach nur Mensch sind, am meisten Berührungen haben mit dem was uns verbindet, entdecken wir die verborgenen Tiefen des Lebens. Das ist mitunter einer von vielen Gründen, weshalb ich mich frei fühle über Hans zu schreiben, den ich so sehr mochte und schätzte und sein Tod mir tiefen Schmerz hinterlässt. Auf vielerlei Weise hat er mich gelehrt und lehrt mich weiterhin, dass das Allgemeinste zugleich das Persönlichste ist.

Ich erinnere mich, dass sein Job eine Berufung war, es war sein ganzes Herzblut und freute sich immens, wenn er Menschen dazu verhelfen konnte, ein positiveres Leben zu führen. Nun ist Hans nicht nur ein sehr guter Freund, es ist ein Mann dessen Freundin darüber sprechen will, was er ihr gelehrt hat, nicht

nur in seinem Leben, sondern auch in seinem Sterben. In seinem Leben gehörte er wenigen, im Tod ist er für alle da. So vieles ereignete sich in dieser Zeit, dass ich befürchten muss, es entfällt mir was im Getriebe des Alltags, hielte ich die schöne und unvergessliche Zeit nicht in Worte fest. Dies alles nieder zu schreiben ist schwierig und schmerzlich, jeder Ausdruck scheint dem, was ich fühle Gewalt anzutun. Jede Seite des Lobes und Dankbarkeit scheint jenes fein gesponnene Netz aus Respekt und Vertrauen das sein Leben war zu verzerren. Doch wäre Nicht-Schreiben schlechter; Nicht-Schreiben wäre, als trauerte ich nicht, als fühlte ich nicht den Schmerz, empfände ich nicht die Bitternis, seines unbegreiflichen Abschieds.

Ich möchte Ausdruck verleihen, indem ich über sein wahres ICH schreibe, so wie ihn nur wenige kannten. Er liebte die Menschen- die nun mit diesem Buch gebührend Abschied von ihm nehmen können und ihn für immer in ihre Herzen schliessen. Mein lieber Freund Hans hat es verdient, dass wir ehrlich und würdevoll von ihm Abschied nehmen. Ich weiss, er würde sich sehr über "sein" Buch freuen! Sein Motto lautete: "Carpe diem", wir sollten versuchen, die Tage genauso zu pflücken, wie es Hans für uns getan hat. Ich werde da weiter machen, wo er aufhören musste. In meinem Herzen lebt er weiter und bestimmt auch in Euren....

Gerade die gewöhnlichen, alltäglichen Ereignisse sind es, in denen wir das Geheimnis des menschlichen Lebens berühren.

Unerwartet im Herbst 2013 suchte der Tod einen lieben Menschen heim, der mir unsagbar viel bedeutete und immer noch fest in meinem Herzen verankert ist. Dieser Tag war einer der wenigen Augenblicke, in denen ich nichts von Hans gehört habe, umso betroffener war ich, als ich erfahren habe, dass er ganz alleine war, als er in den Morgenstunden zusammengebrochen ist.

I miss you so much

1 . Kapitel

Die Todesnachricht traf mich wie ein Keulenschlag

Die Todesnachricht von Hans traf mich mit aller Vehemenz, die mich kurzfristig in einen Zustand führte in dem man nicht mehr unter Realität und Illusion unterscheiden kann. Ich stand unter Schock, war total paralysiert und empfand tiefen, unsagbaren Schmerz. Aehnlich einem Amputationsschmerz, erlebte ich, dass ein so wichtiger Teil der zu mir gehörte schmerzlich fehlt. Nichts lieber wünschte ich mir, dass ich in das lächelnde Gesicht von Hans blicken könnte. Durch die Nachricht über den Tod, bin ich selbst einen emotionalen Tod gestorben. Ich vermisste, litt und quälte mich mit scheinbar nicht mehr zu beantwortenden Fragen. Ich plagte mich mit Selbstzweifeln, bis ich entkräftet war und keine Träne mehr vergiessen konnte. Der überraschende Tod von Hans führte mir vor Augen, wie unkalkulierbar die Entwicklung im Leben sein kann und wie schnell in einem Bruchteil von Sekunden so viele Dinge nebensächlich und lapidar werden. Mir wurde klar, dass etwas Kostbares in meinem Leben von einem Moment zum anderen nicht mehr greifbar ist und sich ab sofort einiges verändert. Nicht nur das Innere geriet völlig durcheinander, auch im Aussen erlebte ich, dass ich an die Grenze meiner Belastbarkeit stiess. Die Gewohnheiten die mit Hans verbunden waren sind nicht mehr lebbar und der Gedanke an Umstrukturierung meines Lebens wurde zur weiteren Herausforderung. Um meine Seele legte sich ein unbeschreiblich schwerer Mantel, der trotzdem nicht vermag zu wärmen. Es fällt mir bis heute immer noch sehr schwer, zu begreifen, dass Hans nicht mehr da ist, dass sein buntes Leben für immer wie durch ein Radiergummi ausgelöscht ist und nie mehr zurückkommen wird. Etliche Monate sind seither vergangen, doch das Unfassbare bleibt wie ein hartnäckiger Kleber in meinem Herzen haften. Ich weiss, Hans würde jetzt sagen:

"Tibbi, schau die Wolken am Himmel ziehen,
guck ihnen zu und denk an mich,
das Leben war doch nur geliehen
und eine Wolke, das bin ich."

I miss you so much

14

2. Kapitel

Was war geschehen

Hans residierte in der Todeswoche mitten im Herzen Deutschlands in seiner kleinen Interimsbehausung, die er unheimlich mochte. In seiner kleinen Bleibe konnte er entspannen oder sich so richtig kreativ entfalten, dort entstanden die coolsten Ideen zu seiner Arbeit, sprich Berufung. Es lagen wie so oft ziemlich stressige Tage vor ihm, die in den letzten Monaten, Wochen und Tagen beträchtlich anschwollen. Zwei Tage vor Hans Tod hatten wir Kontakt, er schien wie immer, aufgeschlossen, putzmunter aber dennoch wie so oft in letzter Zeit sehr müde. Wir verabredeten uns für den übernächsten Tag- aus dem nichts wurde, er ist einen Tag zuvor in den Morgenstunden zusammen gebrochen. Mehrere Stunden lag er in seiner Bleibe, alleine....... Mir schnürt es fast das Herz zu, wenn ich daran denke. Ich muss mich wieder fangen, um weiter schreiben zu können......

Irgendwann am Nachmittag hat man ihn gefunden, er wurde ins Krankenhaus überführt, bis er dann nach wenigen Tagen für immer seine strahlenden Augen, die einem klaren Bergsee glichen schliessen musste. Nie mehr wieder werden diese Strahleaugen mir zuzwinkern, selbst dann nicht, wenn ich ihn darum bitten würde.

Genau in den Augenblicken, da wir am meisten Mensch sind, entdecken wir die verborgenen Tiefen des Lebens

Ich bemühe mich, Worte zu finden, die das zum Ausdruck bringen; Worte des Schmerzes, Worte der Dankbarkeit, Worte der Hoffnung. Es war ein bewegender Augenblick. Ich sprach mit Gott: "Führe ihn nun in Dein Haus und gib mir Mut, mein Leben weiterzuführen, dankbar für alles, was er mir gegeben hat." Ich weiss, dass ich weiterleben und mir sagen könnte: "Hans musste sterben, so wie wir alle einmal sterben müssen, dass ich tapfer, stark, gefasst sein und mich in der Gewalt haben muss." Der endlose Dialog, warum, ich bin so traurig hat einen merkwürdigen Beigeschmack zur Folge, statt Trost und Stärke zu geben. Dennoch bin ich jedem zutiefst dankbar, der seine Anteilnahme auf der von mir gestalteten Hans Gedenkseite www.im-himmel-geht-es-weiter.com zum Ausdruck bringt und brenne geradezu darauf, meinen Schmerz mit anderen zu teilen, die diesem grossartigen Menschen die letzte Ehre erweisen.

Man konnte nicht wirklich rekonstruieren, was letzt-endlich zum Tod geführt hat, zu gerne hat man es versucht zu vertuschen, indem man es mit einer kurzen Krankheit abgetan hat, das jedoch so nicht stimmt. Die Aerzte diagnostizierten, dass eine Arterie im Kopf geplatzt ist, die mehrere Gründe haben können.... Es tut mir in der Seele weh, dass solch ein heftiges Schicksal Hans aufforderte den Weg auf diesem Erdball zu verlassen. Er hatte noch so viel vor, steckte voller Schaffenskraft und Dynamik, entwickelte immer neue Ideen in seiner Arbeitswelt, damit Menschen ein besseres Leben führen können.

Ich möchte nicht, dass Du jetzt trauerst,
für mich wär das ganz fürchterlich.
Tibbi tu Dinge, die Du nie bedauerst:
"Denn Deine Freude- das bin ich!"

I miss you so much

3. Kapitel

Der Weg des Abschieds

Es ging alles so schnell- und doch so langsam! Es war mir mit einem Schlag bewusst, dass ich einen mir sehr nahestehenden Mensch der mir unheimlich viel bedeutet verloren habe. Ich begab mich in eine geistliche Starre, alles erschien mir so unwirklich. Schon spürte ich, dass ich alles wie mit anderen Augen sah, so als würde sich alles um mich herum langsam zurücktreten und verblassen. Ebenso wenig brachte ich es fertig den ganz normalen Alltag beizuwohnen, geschweige ein Buch zu lesen, das mich in die Verstrickungen des Lebens anderer Menschen hineinziehen würde. Ich fühlte mich einsam, nicht verlassen, nicht niedergedrückt, nicht ängstlich, nicht beunruhigt, sondern auf eine neue Weise allein. Mir wurde deutlich, dass Schmerz ein unwillkommener Weggefährte ist.

Ein bemerkenswerter Mensch ist, wer freiwillig am Leid eines Fremden Anteil nimmt.

Ich bin unsagbar traurig, dass Du nicht mehr da bist, ich würde vieles geben, würdest Du mich wieder zum Schmunzeln bringen, indem Du mich wie so oft "mein kleiner Skorpion mit röntgischen Augen" nennst.

Eine andere Welt hat Dich aus dem Leben
gerissen,
ich kann es kaum fassen, Du hast uns
verlassen.
Mit gesenktem Blick schreite ich stumm durch
die Gegend,
ich würde alles geben, wärst Du noch am
Leben.

Du bist nicht mehr greifbar, nicht mehr da-
und doch bist Du mir so nah.
Ich frage mich, warum Du von uns gehen
musstest,
Du warst so voller Lebensfreude und Esprit,
das ich jetzt fast Depressionen krieg.

Dein herzhaftes Lachen ist nun verstummt,
Dein spitzbübischer Blick ist Vergangenheit,
denn Du hast Deine Augen für immer
geschlossen.

Dein Lachen klingt immer noch in meinen
Ohren,
Dein Blick wird trotz Dunkelheit
in meinen Erinnerungen bleiben.
Jeder Sonnenstrahl wird mich an Dich
erinnern.

Im Himmel geht es weiter....

(Die Farbe blau war Deine Lieblingsfarbe)

I miss you so much

4. Kapitel

So wie Du warst, bleibst Du für immer hier

Ich weiss noch, als ob es gestern gewesen ist, als Du im Spätherbst 2011 wie ein Tsunami in mein Leben gerauscht bist. Unsere gemeinsamen Inkubationswege verliefen chronisch. Im Hinblick mochte ich Deinen Satz, wenn sich Lebewesen begegnen und uns wieder verlassen, bleibt immer etwas zurück! Immer! Metaphorisch betrachtet stelle ich fest, wie Recht Du doch hattest! Obwohl ich niemals damit gerechnet habe, wie schnell Deine analytischen Worte sich bewahrheiten. Wie ferngesteuert hast Du einen Teil meines Lebens auf den Kopf gestellt, es ging eine unbeschreiblich magische Faszination aus, mit einer seltsam tiefen Vertrautheit, uns verband eine enge Seelenverwandtschaft verknüpft mit regen Kontakten. Ich habe Dir immer sehr gerne zu gehört wenn Du aus Deinem breit gefächerten Leben erzählt hast, ich konnte förmlich Deine glänzenden Augen erkennen, leuchtend wie ein geschmückter Weihnachtsbaum der mit seiner ganzen Leuchtkraft sogar ein Elektrizitätswerk in den Schatten stellt. Wie immer hat jedes Licht seinen Schatten und jeder Schatten ist vom Licht abhängig, hast Du mir legitimiert. So gerne hast Du Deinen Lebensgarten mit mir geteilt.

21

Ich erinnere mich, als Du vor anderthalb Jahren starke Zahnschmerzen hattest, ein Weisheitszahn liess einfach nicht locker und bombardierte Dich mit heftigen und pochenden Schmerzen. Professionell wie Du warst, bist Du trotzdem Deiner geliebten Arbeit nachgegangen. Erst als Du mit Deinen geschwollenen Lippen der beste Werbeträger für aufgespritzte Lippen warst, hast Du endlich eine Zahnarztpraxis aufgesucht. Als Kind hattest Du höllische Angst beim Zahnarzt, obwohl Deine Eltern sehr darauf bedacht waren, dass regelmässige Kontrollen beim Onkel Doc durchgeführt werden und dafür weit gefahren sind. Trotzdem, Du hättest Dein letztes Spielzeug hergegeben, um die Zahnarztpraxis nur von aussen zu sehen. Allein der Praxisduft liess Deine Schweissperlen zu einem beachtlichen See anschwellen. Da wäre sogar der Ozean vor Neid ausgetrocknet. Aber es half alles nichts, Du musstest den Tatsachen ins Auge blicken und die zahnärztlichen Prozeduren wie Bohren & CO über Dich ergehen lassen. Im Nachhinein konntest Du Dich königlich amüsieren, was für ein kleiner Angsthase Du doch warst, zwinker.

I miss you so much

Kaum zu glauben, dass Du auch als Jugendlicher extrem schüchtern der Welt entgegen getreten bist. Die meisten Männer kennen das sicher........Für einen werdenden Mann ist es ganz wichtig, während der Entwicklung, gross, stark schön, clever aber vor allem cool zu sein. Vielleicht geht die Schere auf und man(n) erkennt dass die Möglichkeiten doch hinter den Vorstellungen zurückbleiben. Ok, man(n) ist vielleicht nicht so stark, wie einem der Nachbarjunge deutlich eingebläut hat oder nicht so schön, was einem das Mädchen aus der Parallelklasse unmissverständlich zu verstehen gegeben hat.....aber cool sein, ja das kann man(n) ja irgendwie immer. So, jetzt fragt mal einen Pubertierenden, was sein Lieblingstier ist.......Tiger, Löwe, Adler, Bär.....alles grosse, starke Tiere, denen man in der Regel nie von nahem begegnen möchte. Dompteure zählen zu den Ausnahmen, die diese Regel bestätigt. Also, was Du mir damit sagen wolltest Hans ist, dass man(n) sich als werdender Mann, eben lieber scheinbar grosse, mächtige Tiere auf die Fahne schreibt. Nie hast Du von Deinen Mitentwicklern gehört, dass sie irgendein kleines Tier mögen. Trotz grosser Tiere und Coolness, hast Du Dich zu einem Redegewandten, selbstsichern und deliziösen Mann entwickelt, zwinker. Mein Gott, wie cool fand ich es von Dir zu hören, dass es nicht cool ist, uncool zu sein, sondern das uncool cool ist. Um mich nicht weiter zu vergaloppieren, komme ich wieder auf Deinen Zahnarztbesuch zurück. Du warst froh, als Du wieder aus der Höhle des Löwen entlassen wurdest, denn mittlerweile war schon Dein Kopf in Richtung Sitzfläche gerutscht. Das den Vorteil erbrachte, der Zahnarzt konnte so seine gesunde Wirbelsäule unter Beweis stellen. Die Zahnschmerzen waren weg, die Praxis hast Du cool gefunden, Du konntest Dich mit Wellnessmusik berieseln lassen, das zu einer raschen Behandlung beitrug. Zu diesem Zeitpunkt wusstest Du jedoch nicht, dass der Uebeltäter ein gezogener Weisheitszahn trotzdem noch Zicken macht obwohl er nicht mehr vorhanden war- Tage später musstest Du jedoch in Deinem Domizil Deinen Zahnarzt konsultieren, damit der impertinente Schmerzverursacher endlich Ruhe gab.

.

I miss you so much

Schon seit Kindheitstagen begeistern Dich Indianer, deshalb hast Du mir um so mehr von Deiner bevorstehenden Reise im tiefsten Urwald in Panama vorgeschwärmt. Dort hättest Du auch Städte und Plätze besucht, die mehr als zweitausend Jahre alt und kulturhistorisch für Dich von unschätzbarem Wert gewesen wären. Du hast Dich auf Menschen gefreut, die noch nie eine Jeans gesehen haben und trotzdem glücklich sind. Dein Ziel war, eine alte Philosophie zu verstehen und in die heutige Zeit zu transportieren. Dass Du mehrere Tage ohne Handy, und Laptop sein würdest, hat Dich nicht im geringsten gestört. Im Gegenteil, Du fandst es sogar verlockend, mal ohne Technik unerreichbar zu sein. Der Gedanke, dass Du jedoch auch ohne Spiegel und Rasierer dem Buschleben frönen musst, erschien Dir eher unbehaglich. Dabei spielte die Creme in der blauen Dose und weisser Schrift die Du sehr gerne als Gesichtscreme benutzt hast keine Rolle, auf die hättest Du auch einen Monat lang verzichten können. Wer Dich kannte weiss, dass Du die Reise mit der Kompatibilität des Busches wähltest, zwinker.

Anderen Länder und Kulturen warst Du sehr zugetan, vor allem Japan hast Du mirakulös in Dein Herz geschlossen. Ich erinnere mich, als Du von Deinen japanischen Freunden zum Flughafen gebracht wurdest und ihr einen Stopp in einem Imbiss-Lokal oder soll ich besser Suppen-Lokal schreiben, zwinker? Nichtdestotrotz,

25

es wurden dort nur Suppen zubereitet. Du hattest Hunger wie ein Bär und wurdest in eine Suppenküche geleitet?! Ich muss ein bisschen schmunzeln......Es war Dein bester Imbiss Deines Lebens! Du hattest zwar keinen Schimmer, was alles in die Suppe kam, aber es war einfach nur köstlich! Du hast in vielen deutschen Restaurants deutlich schlechter gegessen. Es war wirklich eine Imbissstube...............Unglaublich.................... Zuerst wurde die Brühe, die schon vorbereitet war, in die Schale geschöpft, dann Fleisch nach eigener Wahl, (in Deinem Fall, die Wahl Deiner Gastgeber) hinzugefügt, Nudeln dazu und am Schluss, (Du dachtest, dass Du nicht richtig siehst), ein rohes Ei oben drauf geklatscht...... Kleine Frühlingsröllchen dazu und fertig war das Zaubermahl. Dieses Essen hat Dir so gut geschmeckt und ergriffen, dass Du jederzeit 200 km gefahren wärst, allein um nochmal so einen leckeren Imbiss in Form von Suppe geniessen zu können.

I miss you so much

In Japan ist es Tradition, dass sich Männer in Bädern treffen um sich zu unterhalten und vom Alltag entspannen, so wie wir es von heimeligen Kneipen kennen. Aus der Distanz heraus, hast Du diese Möglichkeit vermisst, die es wohl nur in Japan gibt. Dich hat es brennend interessiert, was ein Japaner zu einer Sauna sagen würde- mich auch lach.

Du warst der Gesundheitsmythologie sehr zugetan, daraus resultierte, dass Du Sport mochtest. Schon als Kind warst Du sehr innovativ und hast Karateunterricht genossen, dadurch hast Du Disziplin, Selbstsicherheit und Kraft gewonnen und Aengste verloren, dass Dich sehr prägte. In früheren Jahren wurdest Du unter anderem ein grandioser Boxer, danach ein eminenter Kickboxer, der jahrelang fünfmal pro Woche hart trainierte. Dein Ring-Gegner der übrigens der Inhaber des Boxclubs und auch Dein Freund war, hat Dich vor zwei Jahren in den höchsten Tönen gelobt. Wärst Du zeitlich nicht so eingebunden gewesen, wäre es sehr verlockend für Dich gewesen, in den Ring zu steigen um Dich mit Kopf und Verstand auszutoben. Ich hätte es Dir so sehr gegönnt mein Lieber......
Im Zuge der Zeit, hast Du Dich unabänderlich für Deine berufliche Karriere entschieden, es vertrug sich nicht, mit einem blauen Auge Gesundheitsprodukte den Menschen nahe zu bringen. Trotz zweimal gebrochener Nase, hast Du diese spannende Zeit niemals missen wollen. Du hast mir verbalisiert, es ist wie bei einem passionierten Fallschirmspringer, der liebt jeden Sprung, aber dennoch

27

ist er erstmal nervös und hoch konzentriert, bevor er in den Genuss des Adrenalin Kick kommt. Wäre er das nicht, würde die Konzentration nachlassen. Du hast sogar die Erfahrung mit einem erfahrenen Kletterer auf einem Kletterparcour gemeistert, der Dir die nahezu senkrechte Wand als leicht begehbares Gelände verkaufte. Du wolltest Dir keine Blösse geben und bist darauf geklettert. Es war ja schliesslich leicht begehbar.... Als Du wirklich einmal schnell warst, dann sicher knieschlotternd...... Bei dieser Gelegenheit, ich repertiere- leicht begehbaren Gelände, (der erfahrene Kletterer spinnt ja........Nur leicht begehbar für Spinnen, da fast senkrecht....) Wie auch immer, oben angekommen, nicht zuletzt durch Stolz angetrieben, hätten Dir keine zehn Weisen erklären können, wie Du da wieder runter kommst. Wenn doch, hätten Dich keine zehn Ochsen zur Realisierung gebracht. Kurzum, Du wurdest abgeseilt.

I miss you so much

Ich liebte Deinen typisch englischen, trockenen und ironischen Humor, es war ein Privileg das Dir nicht abhanden kam, selbst dann nicht, wenn Du Dir in Italien einen Sonnenbrand eingefangen hast, zwinker.

Dass Du auch mal als Türsteher zweifelsohne eine gute Figur machtest, lässt jetzt wohl so einige Leser ins Staunen versetzen, natürlich nicht wegen Deiner Figur, sondern dass Du mal kurzzeitig in eine komplett andere Rolle geschlüpft bist. Du warst atemlos und oft bereit etwas anderes, ganz anderes, völlig anderes auszuprobieren. Um den Metapher etwas zu verkürzen, Du warst sehr vielseitig, hast das Leben mit allen Höhen und Tiefen geliebt. Ob es daran lag, dass Du ein doppelter Schütze bist? Ich denke schon, kennt man sich ein wenig in der astrologischen Welt aus, weiss man, dass ein Schütze rastlos sein Leben lebt, dass es für ihn nichts schlimmeres gibt, als Einöde und damit verbundene Langweiligkeit. Ich will jetzt nicht damit sagen, dass man sich nicht auf Dich verlassen konnte, im Gegenteil. Insofern hast Du Deine Versprechen immer gehalten, auch wenn es nicht so oft vorkam, dass Du welche gegeben hast.

Ich konnte mich unsagbar gut mit Dir unterhalten, Du mochtest die Ecken und Kanten der Menschen, es wäre erschreckend für Dich gewesen, wenn sie frei von diesen Eigenschaften gewesen wären. Wie aus einem Filtrat hast Du mir erklärt, dass erst durch die verschiedenen Facetten der Diamant seine Brillanz erreicht. Ich liebte Deine akkurate und manchmal schillernde Art Dinge zu erklären, die erst dann so richtig interessant wurden, als ob Du sie mit einer LED Taschenlampe durchleuchtest. Dein Flair eine Argumentationskette nach der anderen zu knüpfen war einmalig und brachte mich oft, sehr oft zum Lachen.

Tschagga das Leben ist schön, war Deine Maxime!
Noch immer klingen diese 24 Buchstaben wie Magie in meinen Ohren…..

I miss you so much

Es gab auch Schattenseiten in Deinem bewegten Leben, eine ganz andere Seite in Dir, dass kaum einer wusste, wenn überhaupt, Du warst nicht immer der fröhliche Hans-Dampf in allen Gassen. Du warst sehr verletzlich und nachdenklich, wie eine imprägnierte Wildlederjacke, sie nimmt die Feuchtigkeit nicht auf, perlt jedoch auch nicht so einfach ab. Nach aussen schien es, dass Dich nichts kratzen oder in Deiner optimistischen Lebenseinstellung ins Wanken bringen könnte...... Es war sogar so, dass Du des öfteren darauf achten musstest dass Du nicht depressiv wurdest. So leicht Du Dich auch in dieser Welt zu bewegen schienst, so schwer fiel es Dir, die Eigenschaften der Menschheit und vor allem die Naturgesetze (kommen und gehen) zu akzeptieren. Ungerechtigkeiten machten Dich fertig, Dummheit und Intoleranz machten Dich verrückt, Neid konntest Du nicht nachvollziehen und Egoismus hast Du verachtet. Du hast sehr professionell versucht, Deinen butterweichen Kern hinter dicken Mauern zu schützen. Das Ergebnis war der ständig lebensfrohe Hansi.

Es war tatsächlich so, dass Du ein Glas stets nach der Füllmenge und nicht nach der Neige betrachtet hast. Doch wurde es Dir nicht in die Wiege gelegt. Daran musstest Du sehr lange und hart arbeiten. Das änderte aber nichts daran, dass Du mit vielen Situationen sehr zu kämpfen hattest. Ich werde niemals vergessen, wie fassungslos Du warst, als man Dich des öfteren auf einer zwiespältigen Plattform beleidigt hatte. Nach aussen hin warst Du fasziniert, wenn auch nicht ermutigend, wie manche und manchmal viele Menschen gestrickt sind.......Eine Masche links, eine Masche rechts und eine fallen lassen......Seltsam......Selbst wenn Du zu viel Zeit übrig gehabt hättest, mit der Du nichts anzufangen gewusst hättest (irgendwie traurig), wären Dir nie solche unkontrollierte Verbalattacken eingefallen. Ich denke, wenn man in der Oeffentlichkeit steht, muss man sich den synapsen Quark von gelangweilten Menschen wohl reinziehen, aber nicht absichtlich und mutwillig. Hinsichtlich konntest Du nach aussen hin es galant überspielen mit den Worten: "Das Problem ist, dass Ungeziefer in der Grössenordnung von Flöhen, in einer Halle die grösser als der gesamte Vatikanstaat ist, nur sehr schwer gefunden werden." Ich habe mir Deine Worte verinnerlicht und spürte, Du hattest sehr daran zu knabbern. Bei mir musstest Du Dich nie verstellen, wir haben uns sehr lange über diese Thematik unterhalten, dankend hast Du meinen diplomatischen Rat zu Herzen genommen. Danach warst Du wie ausgewechselt, so wie die Initialzündung die ein Motor so dringend braucht, damit er gestartet werden kann. Clever wie Du warst, wusstest Du, dass es immer zwei Seiten der Medaillon gab.

Du hast Dich oft mit der Zeit auseinandergesetzt und bist zur Erkenntnis gekommen, dass einzig gerechte ist doch, dass der Tag für jeden einzelnen 24 Stunden hat, nicht mehr und nicht weniger. Man setzt die Zeit so und dort ein, wie man meint, dass es sinnvoll ist.....Die Prioritäten werden meist nach Erfolg, Gewinn, Achtung usw. gesetzt...... Irgendwann mal kommt der Zeitpunkt, wo man bemerkt, dass es wichtigeres gibt. Was die Zeit nicht daran gehindert hat, mit scharfen Zähnen, Sekunde um Sekunde, Stunde für Stunde, Tag für Tag, Monat um Monat und Jahr zu Jahr zu zermahlen.....Mit dem Fernglas schauen wir auf die Vergangenheit, mit der Lupe auf die Gegenwart und mit dem Mikroskop auf die Zukunft und die Zeit läuft unbeeindruckt, von unseren Bemühungen weiter...... Irgendwann haben wir jede Menge Erfahrung. Was wir hätten tun oder lassen sollen......Meist nachdem wir diese Erkenntnis gebraucht hätten. Mit diesen und ähnlichen Gedanken bist Du manchmal mitten im Herzen Deutschland in Melancholie ausgebrochen. Oft versuchten wir die Zeit zu definieren, ob Eier- Sand- mechanische- oder digitale Uhr, die Zeit macht was sie will. Sie geht voran.....Je mehr wir sie beachten desto mehr scheint sie knapp. Das hat mich tief bewegt....

Wie oft hast Du lachend erzählt, wie Du mit 80 Jahren und weissen, wuscheligen Bart mit dem Rollator ums Eck biegst, mit metallic farbenen mini Hörgerät protzt und noch ganz taff Deinem Beruf nach gehst. Einmal hast Du etwas ganz Entscheidendes gesagt: "Jeder will alt werden, aber keiner will es sein!" Es ist für mich fürchterlich, dass Dir das junge Alter im Alter verwehrt blieb. Ich wünschte mir, der Himmel hätte Stufen und ich könnte Dich zurückholen. Bestimmt würden wir in einer grünen Parkanlage sitzen, einen Kaffee schlürfen und uns über den Irrsinn des Lebens amüsieren. Leider ist manchmal die Zeit zu schnell oder der Mensch zu langsam. Wir sollten alle den Tag geniessen, so gut es geht. Heute beginnt der erste Tag vom Rest Deines Lebens. Dieses besondere Zitat hat Dir sehr zu denken gegeben.....

I miss you so much

Unsere wertvollen Gespräche und Deine vertraute Nähe vermisse ich sehr und werde sie nie, niemals vergessen. Da Dir nur wenig Freizeit blieb, was Dein Beruf als Konzeption und Moderation im Gesundheits-und Wellnessbereich so mit sich brachte, hast Du den Ausgleich unter anderem in der Ruhe und Einsamkeit gesucht und gefunden. Du hast es sichtlich genossen in Deiner kleinen fast anonym wirkenden Bleibe zu verbringen, zwinker. Sehr gerne hast Du Dich mit einem Gläschen Wein oder einem Bierchen und aufschlussreichem Buch in eine Ecke zurückgezogen und hast die Ruhe und Stille fernab von Deinen Reisen und dem ganz normalen Alltagswahnsinn erholt. Jedoch hast Du es auch geschätzt, Dich beim Griechen mit lieben Kollegen und Bekannten zu verabreden.

Wie schon erwähnt, bedeutete Dir Dein Beruf alles, verständlich da Du als Fachmann in rechtskonformer Auslobung von Gesundheitsprodukten gegolten hast. Persönlich hast Du grossen Wert auf eine schlüssige Auflistung der Fakten, die Du in unterhaltsamer Art und Weise auf einem guten Niveau dargestellt hast den Menschen nahegebracht. Du kanntest jede Faser, jedes Material und jede Funktion Deiner Produkte. Hinzu kommt, dass Du eine fundierte Ausbildung in den Bereichen: Anatomie, Physiologie, Histologie, Psychologie und Kommunikation geniessen durftest. Dies führte dazu, dass Du Deine Ansprüche weit höher angesetzt hast, als so manche Konkurrenz. Mit grosser Hingabe und Herzblut hast Du viel Zeit in Deine Arbeitswelt gesteckt und warst dankbar und überaus glücklich, wenn Du dadurch die Anerkennung bekommen hast, die Dir unweigerlich zustand. Ich habe mich jedes Mal, wie Nachbars Lumpi mit Dir darüber gefreut. Wie stolz warst Du auf mich, wenn ich Menschen erklärt habe, warum gerade Dieses und Jenes Produkt von Dir für sie eine Bereicherung sein könnte. Deswegen nanntest Du mich auch oft, meine persönliche Ergonomie-Beraterin, zwinker. Schlichtweg, hast Du in dieser Sphäre die Erfüllung gefunden, nach der Du lange gesucht hast. In dieser spezifischen Materie warst Du unschlagbar, für mich einer der Besten den es gab und je geben wird!

Wenn es einen Grund gibt, warum es einen Himmel geben muss, dann bist Du der Grund.

Du warst sehr oft, bedingt durch Deine Arbeit, die zur Berufung wurde mit Deinem silberfarbenen Kombi unterwegs, es war nicht aussergewöhnlich für Dich, dass Du jährlich satte 100 000 km gebrettert bist. Wegen Deinem fahrbaren Untersatz hast Du mich öfters zum Lachen gebracht, in der Tat hast Du die kompletten Hintersitze raus genommen, nur um den ganzen Kofferraum mit vielen Arbeits- oder Urlaubsutensilien bis zur Decke hin zu füllen. Dein Auto sorgte für den nötigen Input, es war auf jeden Fall, was soll ich sagen..... Eine Uni, mobiles Callcenter und Imbissbude, zwinker.

Ich musste so lachen, als Du mir von Deinen illustren Park-Fahrkünsten erzählt hast. Du neigtest wegen Deiner liebenswürdigen Schusseligkeit zu kleinen Blechschäden. Du hast vor einem Pfosten geparkt, der fest einbetoniert war. Aus Platzgründen bist Du extrem nahe ran gefahren, so dass man als Lenker keinen Pfosten mehr sehen kann. Nach einem Termin (gedanklich noch beim Gespräch) bist Du zu Deinem geparkten Auto eingestiegen, hast wie es sich gehört die Lage gecheckt- weit und breit kein Hindernis und los, lustig geradeaus beim benachbarten Grundstück über die Strasse scheren. Peng! So gut war der Pfosten jetzt auch wieder nicht einbetoniert, denn der lag da und Du hast mit rotem Kopf die Heimreise angetreten. Einen Tag später, bezeichnete ein Fachmann, dass es ein Totalschaden ist. Du hattest latente Flugangst, alles was Du nicht selbst kontrollieren konntest, machte Dir bewusst, wie klein der Mensch ist. Ein kleines Luftloch oder ein verändertes Motorengeräusch die sich ja ständig verändern, machte Dir Angst.........Natürlich hast Du das nicht allen auf die Nase gebunden und hast es Dir nicht anmerken lassen, wodurch Du zu den Passagieren zähltest, die scheinbar beim Start schlafen. Du musstest viel fliegen, deshalb hast Du versucht pragmatisch mit dieser Angst umzugehen.....Letztendlich hattest Du Dich gut im Griff, da Du stets Dein Ziel vor Augen hattest und der Glaube Dich begleitete, dass das Schicksal es gut mit Dir meint. (Dieser Glaube, fällt mir mittlerweile schwer zu akzeptieren......) Da Du ungefähr viermal im Monat für mindestens zwei Stunden im Flieger sitzen musstest, hast Du gelernt damit umzugehen. Solange kein Luftloch kam, zwinker.

... und du warst einfach eine Initialzündung für so vieles

I miss you so much

Du warst ein genialer Philosoph, ein brillanter Erzähler und Schreiber, der unter anderem sehr gerne wenn es die Zeit erlaubte an einem Skript die Finger wund tippte. Du hast mit diesem Manuskript etwas aussergewöhnliches angestrebt, keine üblichen Ratschläge zu verteilen. Dein Ziel war es, lediglich die Landstrasse der Möglichkeiten darzustellen, damit sich Betroffene individuell sinnvolle Wege aussuchen konnten. Gleichzeitig wolltest Du den staubtrockenen Ernst aus diesen Themen nehmen und augenzwinkernd über viele Dinge berichten, die unglaublich spannend sind. Das war übrigens der schwierigste Punkt, da ein Betroffener sicher keine allzu grosse Ader für Humor hat. Du konntest im Chor mit singen, hast Du doch am eigenen Körper erfahren, was Schmerzen bedeuten, als Du ganz unglücklich gestürzt, mit voller Wucht auf den Rücken geprallt bist. Das war eine sehr schwere Zeit für Dich, die drei Monate erschienen Dir wir 3 Jahre, gefesselt im eigenen Körper, Du konntest kaum sitzen und liegen. Doch Du hast diesen fast unerträglichen

Zustand ausgezeichnet gemeistert. Das absolut grösste Glück ist die Gesundheit, kein Urlaub und kein Geld der Welt, kann auch nur ansatzweise solche Einschränkungen kompensieren. Nicht einmal dämpfen, können diese Dinge eine angeschlagene Gesundheit. So wie eine Quelle vom Ursprung abhängt, so ist alles, was das Leben ausmacht, von der Gesundheit abhängig. Ich weiss mein Lieber Hans, Du hättest noch eine Million Dinge hinzufügen können, um Menschen für Deine umfänglichen Empfehlungen zu enthusiasmieren. Ich will damit sagen, dass es sehr schmerzt, dass Du nicht mehr dazu gekommen bist, Deine Begeisterung zu diesem Buch mit mir zu teilen. Jedoch bin ich nach wie vor sehr stolz auf Dich und werde es immer sein! Für so manche warst Du die Sonne der Gesundheit und ein aussergewöhnlicher Mentor.

Bücher übten eine unheimliche Faszination auf Dich aus. Du warst ein richtiger Viel-Leser, es verging keine Woche, ohne dass Du nicht ein Buch verschlungen hast. Manchmal hast Du sogar Deine Nase parallel in zwei Bücher gesteckt, in Deinem Domizil und Deiner kleinen Bleibe. Jedes Buch hast Du mit Notizen zu getackert, nach einer freien Seite suchte man vergeblich....... Selbst ein Detektiv mit Lupe wäre nicht fündig geworden.

Du hast meine grosse Leidenschaft fürs Bücherschreiben mit einer besonderen Art des Enthusiasmus geteilt, die ich hier kaum wieder geben kann. Unsere gemeinsame Bücher-Leidenschaft soll in diesem Buch widerspiegeln, wie sehr ich unsere Zeit vermisse und Dir unsagbar dankbar bin, dass ich einen Platz in Deinem Herzen gefunden habe.

Mit der Technik hattest Du nicht viel am Hut, Du warst ein Technik-Muffel wie er im Hochglanz-Magazin steht. Technisch musste alles wie geschmiert rattern, wie- war Dir im Endeffekt piep- egal. Du hast noch nie eine Bedienungsanleitung gelesen, warst reiner Anwender, hat es mal nicht geklappt, hättest Du alles zum Fenster raus schmeissen können, zwinker. Natürlich hattest Du auch

weder Zeit noch Musse Dich durch den dichten Dschungel der Informatik, Verfahrenstechnik, Energie- und Umwelttechnik, Aviatik u.s.w. auseinander zu setzen. Zu meiner Verblüffung, nahmst Du den Crash zwischen Handy und Autotür ziemlich locker, aber der Reihe nach. War es Deine süsse Tollpatschigkeit oder Deine entzückende Schusseligkeit? Ich weiss es nicht mehr so genau, Du hast zielstrebig Dein Handy zwischen Mantel und Autotüre zerschmettert. Wutsch und so lag es da, Dein Handy mit perforiertem Display, zwinker. Nun hast Du Dein iPhone aus der tiefsten Schublade gegraben, toll, wenn man so schnell technischen Ersatz hat.......Schnell mal eben einschalten......Geeeeeht nicht, Akku leer, Mist! Abwarten, iPhone ans Netz, nichts tut sich. Schnell zum Händler, denn so ganz ohne Handy ist auch doof. Dort hast Du erfahren, dass der Akku sich total entladen hat wegen Nichtbenutzen. Hey, was ist das denn für eine

40

Technologie, die nur funktioniert, wenn sie nur regelmässig benutzt wird und durch übermässige Benutzung strapaziert wird..... In diesem Augenblick hattest Du Dir fast die gute, alte Wählscheibe zurück gewünscht. Du hättest bestimmt, wenn das gute Teil wieder funktionstüchtig gewesen wäre, mit einem Dampfbügeleisen in eine Mikrowelle gestopft, einen Liter Cola darüber geleert und von der Loggia geschmissen. Hätte das Handy diese schonungslose Prozedur schadlos überstanden, hättest Du all Deine Vorurteile zurück genommen und das Gegenteil behauptet. Nun ja, sicherlich wäre auch das iPhone nicht ohne Schramme nach Deiner Mantel-Autotür-Attacke davon gekommen. Ich möchte zum Ausdruck bringen, wie sehr ich Deine schusselige, tollpatschige Ader mochte. Sie gehörte definitiv zu Dir, wie die Fliege zum Kuhfladen.

Der Zahn der Zeit pochte manchmal ganz schön heftig, dass man irgendwann in das diffuse Unendliche gehen muss, behagte Dir nicht sonderlich. Die Emotion ist lediglich das Unvermögen zu begreifen was augenblicklich passiert. Als ich Dir eine von einigen Thesen aufzeigte, dass danach alles aus sein könnte, damit sich das Lebensrad dadurch schliessen könnte, hat Dich völlig irritiert und nicht minder ein wenig aus der Bahn geworfen. Deine Worte: Wie jetzt? Das würde bedeuten, dass unser Leben keinen Sinn ergeben würde- geht gar nicht!" Trotz langer Unterhaltung vermochten wir nicht den nebulösen Schleier lüften. Dies hat Dich sehr beschäftigt und stimmte Dich sehr nachdenklich.

41

Du wärst so gerne, sehr alt geworden! Leider hat der liebe Gott bei dieser Thematik seine Ohren auf Durchzug gestellt. Andersrum betrachtet, bestellt der Herr des Unendlichen nur gute Menschen zu sich ins Paradies. Du weisst ja, im Himmel geht es weiter........ zwinker! Jetzt nach Deinem unbegreiflichen, viel zu frühen Ableben, wünsche ich mir sehr, dass es ein DANACH geben wird und das Leben nicht sinnlos vorüber ging. Hey, vor meinem geistigen Auge sehe ich Dich, wie Du im Himmel über Deine Produkte predigst, denn schliesslich soll auch dort Ergonomie pur herrschen. Ich bin mir absolut sicher, die geistige Welt wird davon begeistert sein, zwinker!

Du warst für unzählige Menschen ein sehr geschätzter und wundervoller Bekannter, Kollege und Freund. Deine erfrischende, lebendige Art, hätte sogar ein "Faultier" im Tiefschlaf zum Bäume stemmen bewogen.

Wer so im Leben gewirkt hat wie Du,
stets sein Bestes gegeben hat,
wird Dein Licht für uns immer leuchten.

I miss you so much

5. Kapitel

Fragen an Dich

Weisst Du noch, als Du wie die sprichwörtliche Flunder platt warst, als ich mit Kuki an einem entsprechenden Wettbewerb teilgenommen und gewonnen habe? Du hattest keinen blassen Schimmer, ich hatte alles cool eingefädelt. Ja mein Lieber, dem redegewandten, exzeptionellen Redner hat es glatt die Sprache verschlagen! Es war so süss, Du hast Dich für mich eingesetzt, wie ein Löwenmami die ihr Baby schützen will, als der Gewinn auf sich warten zu drohen schien- eine Zeitlupe war echt ein Zeitraffer dagegen. Diese Geschichte, werde ich immer in meinen Gedanken spazieren fahren.

Weisst Du noch, als Du das Bild von Kuki samt Deinem Kissen erspäht hast? Du warst hin und weg und mit einem Schlag bist Du zur Erkenntnis gekommen, dass Kuki das süsseste Model ist, seit es Duplo, nee Quatsch, seit es Deine Kissen gibt. In Windesflügeln konnte Kuki Dich um ihre tapsigen Pfötchen wickeln; Kissen krallen, den typischen Will-Ich-Haben- Blick aufsetzen und schon war Dir bewusst, dieses Teil gilt auch für Hunde, zwinker. Herrlich!

Weisst Du noch, als ich den halben Tag beim Fotoshooting verbracht habe? Du warst immens neugierig auf die Ergebnisse und konntest es kaum abwarten sie in Deinen Händen zu halten. Das positive Resultat hat es Dir sehr angetan- und wusch waren sie auch schon weg..... Deine Begeisterung war grenzenlos, Du warst schon wieder platt! Hey, um nicht aussen vor zu lassen, Du hast mich oft, sehr oft in Staunen versetzt, zwinker.

Weisst Du noch, als wir uns total in Philosophie vergaloppierten? Herrlich! Ich werde es nie vergessen. Du warst der beste Philosoph den ich kenne!

Weisst Du noch, als wir uns ellenlang über das Gehirn und den Verstand ausgetauscht haben? Ich war sehr bewegt über Deine prägnante und einzigartige Artikulation. Dieser rege Austausch mit Dir, wird mir sehr fehlen.....

Weisst Du noch, als mein letztes Buch auf dem Markt erschienen ist? Du hast Dich unheimlich mit mir darüber gefreut! Du wolltest unbedingt eines der ersten Exemplare Dein Eigen nennen. Ich danke Dir, dass Du mit mir diese Freude geteilt hast.....

Weisst Du noch? Als wir über das spannende Rätsel Frauen artikulierten? Natürlich kam die entscheidende Auflösung von Dir mit der Erläuterung: "Frauen sind einzigartig,! Nur Frauen können pragmatische Gedanken über das Herz zurück zum Gehirn leiten und dort zu einem logischen Gedanken gelangen." Einfach köstlich!

Weisst Du noch? Wie oft Du von der Schweiz geschwärmt hast? Zu gerne hast Du Dich im komplizierten "Schwiezerdütsch" versucht, dass Dir erstaunlicherweise sehr gelungen ist, alle Achtung! Du hast meinen Dialekt sehr gemocht, ich musste immer schmunzeln, wenn Du mich "meine kleine Schweizerin" nanntest.

I miss you so much

Weisst Du noch? Wie einige Vollmondnächte Dich irgendwo auf der A3 begleiteten? Sogar an einer Deiner Geburtstage bist Du los gefahren, der Wegweiser war der kugelrunde und hochleuchtende Mond, der schützend sein Licht auf Dein Kombi warf. Für Dich war es ein sehr mystischer und beruhigender Fahrspass, der oft erst in der Früh endete.

Weisst Du noch? Wie ich mich über Dein Armband gefreut habe? Die Ueberraschung ist Dir gelungen und stiess bei mir auf grossen Anklang. Ich halte das Armband in Ehren und trage es Tag und Nacht wie Du weisst! Es strahlt noch immer, heller als je zuvor....

Weisst Du noch? Wie cool und schön ich Deine top gepflegten und glänzenden Nails fand, zwinker? Trotz ennuyante Aeusserungen von ein paar Mitmenschen hast Du hinweg gehört und das war völlig richtig. Bravo!

Weisst Du noch, wie platt ich wie eine Flunder war, weil Du mich überrascht hast? Ich muss lachen...... Ich schaute Dir zu, war noch ganz in Gedanken und schon erklang Hollywood Hills auf meinem Handy. Du verrückter Kerl.........

Weisst Du noch? Als Du mir kurz vor Deinem Ableben gesagt hast, dass es für Dich kein Mensch gibt, der Dich so gut kennt wie ich es tue? Ich nahm Deine seltsame Feststellung zwar entgegen, jedoch nicht so richtig ernst. Ich hätte Dir noch so viel zu sagen......

I miss you so much

6. Kapitel

Dein Tod

Ein eiskalter Luftzug meines Lebens, der alle Fenster mit voller Wucht zuschlägt. Mein Puls beschleunigte sich, mein Herzschlag der auf Höchstgeschwindigkeit pochte konnte ich förmlich hören. Ich lief durch die Wohnung auf und ab. Schlagartig brauchte ich sämtliche Vorräte an Adrenalin auf, ich atmete als hätte ich einen Marathonlauf hinter mir. Hans, tot! Nach geraumer Zeit, ungläubig schaute ich sein Bild an, als ob ich mir vergewissern wollte, dass ich nicht richtig verstanden hatte. Leider konnte ich keinen Hinweis erkennen, der mir zeigen würde, dass alles nicht stimmt. Es war kein Traum, es war die nackte, schlimme und unaufhaltbare Wahrheit. Ueber meine Wangen liefen ein paar Tränen. Ich befand mich in einer absoluten Schockstarre, unfähig auch nur einen klaren Gedanken zu fassen. In meinem Kopf dröhnte es wie wild und ich ertappte mich, wie ich lautlos mir immer und immer wieder dieselbe Frage stellte: "Warum? Warum Du Hans? Mein Gehirn weigerte sich zu verstehen. Die Erkenntnis traf mich wie ein Blitzschlag. Vor meinen Füssen schien sich ein schwarzes Loch aufzutun. Es überkam mich das Gefühl, an einem ganz anderen Ort zu sein, irgendwo im Nichts. Ich weiss, so erging es einigen von uns..... Die Zeit heilt alle Wunden besagt ein altes Sprichwort, das ich so nicht bestätigen kann. Die Wunde wird zwar etwas kleiner, aber trotzdem wird sie eine nässende Narbe hinterlassen die nie vergessen lässt. Jeder weiss, dass man nicht unendlich auf

49

dieser Erde ist und dennoch fällt es unsagbar schwer, wenn ein lieber Mensch gehen musste. Was bleibt ist die Erinnerung an eine wunderbare und herzliche Zeit, die ich nie vergessen werde.

Schneller und schneller fährt Dein Zug nach Morgen,
wie eine schnelle Achterbahn, mit und ohne Sorgen.
Schneller und schneller das Herz zu schlagen beginnt,
frei wie der König der Lüfte, schnell wie Engelsflügel.
Schneller und schneller beginnt die Erde zu drehen,
so gewaltig ist das wahre Leben.

Durch Hans ist mir so richtig bewusst geworden, dass man jeden Tag so leben sollte, als ob es der Letzte wäre, letztendlich weiss keiner von uns ob es einen weiteren Morgen geben wird. "Tschagga, das Leben ist schön!" Hans Maxime wird mich auch weiterhin begleiten, ich weiss, er wäre stolz auf mich! In diesem Augenblick sehe ich einen winzigen Lichtstrahl, der mir sagen will: "Tibbi, geh lachend durch das Leben, zum Weinen ist keine Zeit......"

Je schöner und wertvoller die Erinnerung,
desto schmerzlicher ist die Trennung.
Aber die Erinnerung und
Dankbarkeit verwandelt die Gedanken in
stilles Glück.
Man trägt das Vergangene nicht wie einen
Stachel,
sondern wie einen kostbaren Schatz in sich.

I miss you so much

7. Kapitel

Ein Brief an Dich in den Himmel

Meine Seele schmerzt, weil Du nicht mehr da bist. Du konntest Dich nicht von mir verabschieden, es ging alles so irrsinnig schnell. Diese Erkenntnis hinterlässt einen tiefen Schmerz, der sich wie Pfeilstiche in mein Herz bohren. Ich bin unendlich traurig, dass Du so plötzlich und früh gehen musstest. Du hattest noch so viel vor, Du warst voller Enthusiasmus, Tatendrang und Lebenslust. "Hey, wir wollten doch noch so einiges besprechen!"
Dein Wissensdurst konnte man kaum bändigen, Du warst ein Mensch mit viel Charme und Esprit. Ich weiss, Du hast Deinen Beruf über alles geliebt, es war ein riesen grosser Teil Deines Lebens. Durch ihn konntest Du der Mensch sein, den ich kannte. Kompetent, für jeden Spass zu haben, grinsend durch die Gegend huschen und mit einem unverschämt spitzbübischen Augenaufschlag die Menschen verzaubern. Schliesslich weiss ich von was ich schreibe- Dein Augenzwinkern während Deiner Präsentationen vergesse ich nie mehr.

Es tut mir in der Seele weh, Dich nicht mehr sprechen zu hören, Du hast sehr oft und gerne geredet. Was hast Du mal erwähnt? Ich weiss noch, als ob es gestern gewesen war: "Oft werde ich gefragt ob es anstrengend ist, wenn man mehrere Stunden am Stück redet. Stundenlanges reden empfinde ich persönlich überhaupt nicht anstrengend. Im Gegenteil, es macht mir Spass. Viel schwieriger finde ich es, wenn ich mehrere Stunden zuhören muss."

Es tut mir in der Seele weh, Dein herzhaftes Lachen nicht mehr zu hören. Was hast Du mal zu mir gesagt? Ich weiss noch, als ob es gestern gewesen war: " Es freut mich sehr, wenn ich Dich zum Lächeln oder gar lachen bringe! Denn das ist ja bekanntlich die beste Medizin. Du Tibbi, bringst mich immer zum Lachen." (Das hat mich sehr berührt.....) Deshalb hast Du mich auch oft, meine persönliche Medizinfrau genannt.

Tief in mir ist ein grosses Durcheinander. Es wäre schön, wenn man einfach einen Besen nehmen und alles beseite kehren könnte, um die Vergangenheit einzuholen. Mein Herz ist immer noch mit unermesslicher Trauer gefüllt, die Erinnerung an Dich ist Raub der Flammen geworden und brennt in meiner Seele. Ich denke sehr oft an Dich, muss mich manchmal zwicken um zu begreifen, dass Du nun seit geraumer Zeit im Himmel wohnst.

Für all Deine echten Freunde, wird es nicht einfach sein, einen so wertvollen und gutmütigen Kumpel wie Du es warst los zu lassen um nur noch in guter Erinnerung zu bleiben. Aber glaube mir, in unseren Herzen lebst Du weiter......

Gott nahm ihn still an seine Hand,
auch wenn's schmerzt, er musste gehen.
Nimm die Sprache Deines Herzens an,
ein Teil von ihm bleibt immer da.

I miss you so much

8. Kapital

Nie mehr

Nie mehr wieder werden wir wissen, wie es dem anderen geht.
Nie mehr wieder werde ich Dein Lachen hören.
Nie mehr wieder werde ich Deinen Erzählungen lauschen können.
Nie mehr wieder werden wir unsere Handys zum Glühen bringen, weil wir geschlagene drei Stunden verquasseln.
Nie mehr wieder werden wir bis in die frühen Morgenstunden philosophieren, dass sich die Balken biegen.
Nie mehr wieder werden wir die Laptop-Tasten zum glühen bringen.
Nie mehr wieder werde ich Dich sehen, dabei wolltest Du doch mit 100 Jahren noch auf die Piste gehen.
Nie mehr wieder können wir über gewisse Tollpatschigkeiten schmunzeln, weil Du Dein Handy zwischen Mantel und Autotüre eingeklemmt hast.
Nie mehr wieder werden wir uns über meine selbst geschriebenen Bücher sowie über Deine neusten Projekte unterhalten.
Nie mehr wieder werde ich mich amüsieren können, wenn Du ganz stolz verkündest, dass Du schon lange in der Küche stehst nur um Dir eine Suppe zu kochen.
Nie mehr kann ich darüber lachen, wenn Du Spiegeleier penibel zubereitest, die Küche jedoch einem Schlachtfeld gleicht.

Nie mehr wieder werde ich von Dir hören, dass Du gerade unter den Mr. Proper geschlüpft bist, um wieder einmal Deine kleine Bleibe, die Interimsbehausung so richtig auf Vordermann zu bringen. Du hättest damit der grössten Reinigungsfirma worldwide Konkurrenz machen können.

Nie mehr wieder, werde ich in Deinen prickelnden Urlaubserlebnissen schwelgen können.

Nie mehr wieder wirst Du mein persönlicher Coach sein! Wenn nicht Du, wer dann?

Nie mehr wieder wirst Du im Stau stehen und Dich masslos aufregen, weil ein Idiot ständig sein Gaspedal mit dem Bremspedal verwechselt.

Nie mehr wieder wirst Du sagen, wie stolz Du auf mich bist.

Nie mehr wieder wirst Du mich überraschen, es war so süss, als Du Dich doch glatt während Deiner Präsentation kurz rausgeschlichen hast, nur um mir zu simsen. Das werde ich nie mehr vergessen.

Nie mehr wieder wirst Du mir sagen, dass Du stolz bist, mich zu kennen.

Nie mehr wieder werde ich Dir sagen können, was für ein einzigartig, toller, treuer und seelenverwandter Freund Du für mich warst und bleibst.

Du fliegst jetzt mit den Engeln, aber in meinem Herzen wirst Du immer wohnen bleiben.

I miss you so much

9. Kapitel

Gespräche zwischen Himmel und Erde

Ich weiss, dass Du Kenntnis von meiner unerklärlichen Intuition hattest. Es faszinierte Dich, dass mich Vorausahnungen heimsuchten. Kurz vor Deinem Tod habe ich Dich noch gewarnt, dass Du unbedingt darauf achten sollst, dass in Deiner hektischen Welt die Ruhe und Entspannung nicht zu kurz kommen sollten. War es eine unbewusste Intuition? Oder lag es daran, dass Du Dich seit längerem über Müdigkeit beklagt hast?

Du warst Weltmeister um solche Dinge galant zu überspielen. Du warst immer auf Achse, wie ein Flüchtiger. Diese Feststellung hat mich manchmal doch etwas nachdenklich gestimmt. Du weisst, ich war Deine grösste Kritikerin, habe Dir sehr offen dargelegt wenn ich etwas nicht gut fand. Für diese Charaktereigenschaft warst Du mir sehr dankbar. Ich war oft verblüfft, wenn Du meine Kritik angenommen hast und stolz auf mich warst, weil ich Dir eine ganz andere Sichtweite vermitteln konnte.

Kurz nach Deinem Tod, hat sich mein Fernsehgerät wie von Geisterhand ab und zu selbst ausgeschalten. Meine kleine Wetterstation hat urplötzlich eine andere Uhrzeit und Datum auf dem Display angezeigt. Kaum zu schweigen von meiner elektrischen Zahnbürste, die plötzlich die korrekte Uhrzeit einfach ignoriert. Trotz nigelnagelneuen Batterien, will diese Technik nicht mehr so funktionieren wie sie sollte. Ist es Zufall? Was hat es mit Deiner abgewetzten, grün/bräunlichen Jacke mit Flicken an den Ellbogen auf sich? Warum muss ich an sie denken? Ist es Zufall? Ist es Zufall, dass ich meinte, Dich sprechen zu hören?

In den letzten Tagen spüre ich Deine Anwesenheit ganz deutlich, in dem ich wie aus dem Nichts einen undefinierbaren holzig- blumigen Duft wahrnehme, der sich dann auch schon wieder in Schallgeschwindigkeit verabschiedet.

Es ist nun schon eine geraume Zeit verstrichen seit Du nicht mehr unter uns bist und dennoch bist Du mir sehr nah. Noch immer kreisen meine Gedanken an eines der letzten Gespräche. Du warst wie so oft unterwegs, auf der Autobahn, die dröhnende fast rauschende Musik des Motors, liess trotzdem ein Gespräch von über zwei Stunden zu. Immer und immer muss ich an die Zeit zurück denken und kann förmlich spüren, wie ein kleiner Windhauch um meine Nase weht und mich versucht zu kitzeln.

Neulich wollte ich auf meinem Handy den Song Hollywood Hills übergehen- es fällt mir immer noch unsagbar schwer ihn zu hören und tippte den nächsten Song an, es funktionierte nicht, ich konnte tun und lassen was ich wollte, der Song spielte unbeirrt weiter, als ob Du metaphysisch Deinen Finger auf Play gedrückt gehalten hättest. Ist das Zufall? Ich glaube nicht! Ich weiss, dass Du da bist.....

I miss you so much

10. Kapitel

1. Gedenktag

Ein Jahr, eine so lange Zeit….und doch kommt es mir vor,
als wäre es gestern gewesen. Ohne Vorwarnung und ohne
Ankündigung bist Du aus unserem Leben getreten.

**Erinnerung ist das Fenster,
durch das ich Dich seh, wann immer ich will.
Manchmal sind die Scheiben blind von Tränen,
dann öffne ich es weit, dann seh ich Dich
lachend und glücklich.
Wenn es dunkel ist in meinem Daheim,
schickst Du mir ein paar Sonnenstrahlen vom
Himmel.
An einem schönen Tag werde das Fenster
schliessen und durch die
verborgene Tür gehen dürfen, in diese andere
Wirklichkeit.
Denn im Himmel geht es weiter.....**

I miss you so much

11. Kapitel

Gruss vom Himmel

Heute am späten Nachmittag, hatte ich die Türe zum Garten auf. Von weitem hörte ich plötzlich das näher kommende schnattern von Zugvögel. Ich habe schon oft welche gesehen und mich oft gefragt, wo sie wohl herkommen, wohin sie wollen, ob sie schon lange unterwegs sind und ob auch alle am Ziel ankommen werden.

Einige Wolken ziehen wie gemalt durch den blauen Himmel, schnell nahm ich mein Handy und bin raus gegangen.
Dann habe ich dieses unglaubliche Bild geknipst- es sieht aus wie Engelsflügel.

Danke Hans für Dein wundervolles Zeichen, dass Du da bist.....

Begrenzt ist das Leben,
doch unendlich ist die Erinnerung.

12. Kapitel

Danke

Ich danke Dir, dass ich ein fester Bestandteil in Deinem Leben sein durfte. Ich danke Dir, für die unbeschreiblich schöne Zeit, ich hatte viel Spass und Unterhaltung. Ich danke Dir, dass Du mich so oft zum Lachen gebracht hast. Ich danke Dir, dass es Dich in diesem Leben gab. Ich danke Dir, dass ich trotz Wehmut Dein Buch mit Deiner Stütze zu Ende bringen konnte. Ich danke Dir, dass Du die Menschen, die Dir nahe sein durften selbst ausgesucht hast, egal was andere davon hielten. Ich danke Dir, für die tolle Zeit. Ich danke Dir, nein ich bin stolz, dass ich Dich gekannt habe.

Du warst ein ganz besonderer Mensch, der immer einen Platz in meinem Herzen haben wird. In Deiner Gedenkecke bist Du immer in unserer Mitte:

www.im-himmel-geht-es-weiter.com

I miss you so much

Tears in Heaven, ich glaube daran, im Himmel geht es weiter........

13. Kapitel

Nachwort

Auch wenn ich es gewohnt bin zu schreiben, gestaltete sich dieses Buch schwierig. Es entstand mit grösster Intensität mit überwältigender Wehmut und Trauer. Ich spürte während des Schreibens, dass mir Hans dabei half, meine Gedanken und Erinnerungen zu fassen um über ihn und für ihn zu schreiben. Ich weiss, er wäre zu Tränen gerührt und stolz auf mich. Im Himmel geht es weiter- an diesen Satz klammere ich mich, denn wer Hans gemocht hat weiss, dass es sich lohnt daran zu glauben.

Ein grosses Danke möchte ich meinem Chihuahua-Mädchen Kuki aussprechen, die all die Zeit bei der Entstehung dieses Buches geduldig an meiner Seite verbracht hat und mich inspirierte weiter zu machen, wenn mich die Trauer überwältigte. Ein grosses Danke gilt Hans dass ich einen Platz in seinem Leben einnehmen durfte. Tschagga, das Leben ist schön! In diesem Sinne, tschau, tschüss und goodbye, irgendwann sehen wir uns alle wieder......